Bei tredition sind von Claus Carl Jakob bereits erschienen:

- **Hortraub auf Gnomisch**

  Eine Parodie auf Tolkiens „Hobbit"

- **Das Reich der Nekromanten / Krieg im Feenwald**

  Zwei Dark Fantasy Erzählungen

- **Schwarze Künste**

  Eine phantastische Erzählung aus dem

  Mittelalter

Claus Carl Jakob

Glück –
Eine Geschichte

Dark Sci-Fi

Glück – Eine Geschichte

Vier Tage. vier Tage Nichtstun, vier Tage Frust, vier Tage in der Einöde. Öde, ja. Einöde – nun ja. Ich bin nicht allein und ich schwanke zwischen einem gehaltvollen Glücklich sein darüber und gereizter Genervtheit. Ich, Reporter Zwei-Null-Sieben. Kein echter Name, der mich verraten würde, in den Papieren. Warum Zwei-Null-Sieben weiß ich nicht. Eine vorgegebene Bezeichnung, auf die ich keinen Einfluss hatte. Mein echter Name – tut nichts zur Sache. Ich bin irgendwer und jeder, jeder, der an die Wahrheit glaubt oder so, an die Macht der Presse – ja, ich weiß, Sie lachen –, an das Recht auf... Auf was? Ich habe es vergessen. Öde wirkt sich auf die Denkfähigkeit aus.

Meine Seite schmerzt. Nur eine üble Prellung, zu meinem Glück, keine ernsthafte Verletzung. Als einziger Überlebender kann einen das glücklich schätzen. Glück, immer wieder Glück. „Shit, haben Sie Glück gehabt!" Und gleich darauf. „Ach, Sie sind Reporter? Und der Entsatz ist tot? Der Frachter *SCHROTT*?"

Tja.

Es war eine Odyssee, um hierhin zu kommen, ein Verwirrspiel für eventuelle Verfolger. Erfolgreich, in der Tat und dann – Peng. Ein Systemfehler, ein besch... Systemfehler! Eine Wahrscheinlichkeit von... Keine Ahnung, auf jeden Fall verschwindend gering, wirklich. Alarm, Rotlicht, Geschrei, hektischer Betrieb... Absturz. Wie konnte es kommen, dass ich als *EINZIGER* überlebt habe? Mann, das Ding hat einen Krater gerissen, der... Ich aber häng in meinem Sicherheitssitz und wach mit einer Prellung und Kopfschmerzen auf. Um mich herum Matsch, im wahrsten Sinne des Wortes. Menschlicher Matsch, in den sich meine explosionsartig hervorgewürgte Kotze mischt. Ich werde wieder ohnmächtig und wache dann hier auf. Im Bunker unter der Planetenoberfläche.

„Sie sind also Juliette Fox, Funkerin und...“ „Schieb in den Wind, Schwatzkopf, ich hab keinen Bock auf Deine dummen Fragen.“ Ich lasse nicht locker. Nach vier Tagen kennt man die Pappenheimer langsam, einfach nur aus der

Beobachtung heraus. „Der Feldwebel hat gesagt, dass Sie…" „Der Feld kann mich am…" Aber sie hält abrupt inne. „Nun, warum nicht. Also, was wollen Sie wissen?"

Ich bin schon ein toller Reporter. Unabhängiger Schreiberling für ein großes, megaunabhängiges Forum mit Sitz auf einem der Neutralen. Jetzt sitz ich hier in so einem Mist-Bunker auf einem Planeten, der wahrscheinlich unter Quarantäne steht, und interviewe die „verwegene" Bunkerbesatzung, beziehungsweise was nach dem Krieg und den Schweinereien danach noch übrig ist. Weil doch beide Seiten Gehör finden sollen. Die verwegene Besatzung – das sind Reste der heroischen Truppen der Blauen Kammer, Heimatsystem Erde, dem ehemaligen großen Konkurrenten der heute allmächtigen Roten Kammer. Obwohl – im All gar nicht so mächtig, wie es scheint. Sonst gäbe es doch diesen Bunker gar nicht mehr.

Herrgott, ich schweife ab. Die Funkerin visiert mich bereits mit ihrer Zieloptik an, die in ihr silbern glänzendes linkes Auge eingebaut ist. Zappelnd sucht der rote Punkt die Stelle unter der sich mein Herz befinden soll. Eine unmissverständliche Aufforderung endlich zu fragen, schätze ich. Es macht mich, ehrlich gesagt, nervös. So abgebrüht bin ich nun auch wieder nicht; das ist mein erster Einsatz, der auf der Krassheitsskala mit einer Acht oder Neun bewertet werden muss...

„Eine Zigarillo?" Ich halte ihr eine hin, meine letzte, by the way, und sie greift wortlos zu und nickt. Der rote Punkt erlischt. „Wie lange gehören Sie schon zur Bunkerbesatzung?" werfe ich in den Raum. Ich krame mein archaisches Notizblöckchen und einen ebenso alten Stift heraus. Moderne Technik wird doch eh bloß geklaut... Anstelle einer Antwort deutet sie auf eine Strichliste an der nackten Betonwand hinter ihr. Eine verdammt große und volle Strichliste. Keine Chance, das auf die Schnelle zu zählen, aber es werden wohl mehrere Hundert Striche sein, jeder für einen Tag. „Is ne Angewohnheit von mir." murmelt sie. „Und bevor Sie nachfragen, es sind zweitausendachthunderteinundfünfzig Striche." Ich schlucke. „Die ganze Zeit hier und..." Sie lacht auf, trocken und bellend. „Urlaub gibt es hier keinen, das sollten Sie wissen, Armleuchter."

Ja, ich weiß... Das macht die Lage ja so verflucht. Genauer das, was der Hintergrund dessen ist – mein Schiff war das Einzige, das diesen Planeten seit über drei Jahren angeflogen hat. Wegfliegen kann auch keins. Laut dem Leutnant gibt es kein funktionstüchtiges mehr. Sprich, wir sitzen hier fest. Auf unbestimmte Zeit!

„Weißt Du", duzt sie mich plötzlich und beugt sich zu mir her, „dass wir Verdammte sind? Auf verlorenem Posten?" Sie kommt noch näher, dass ich ihren Atem rieche; irgendeine Gewürznote liegt darin und die kommt nicht von dem Zigarillo. Thymian, genau. „Wer weiß, vielleicht sind wir die letzten Menschen im Universum? Ich meine, wir haben keinerlei Kontakt nach außen, überhaupt keinen, seit Jahren!" „Als ich mit mehreren Menschen auf dem Weg hierher war, traf ich..." werfe ich ein, werde aber rüde unterbrochen. „Du glaubst nur, dass Du auf dem Weg hierher warst! Bist Du Dir wirklich sicher, ich meine wirklich? Ist es nicht eher so, dass Du schon immer hier warst?" Ich lasse meinen Stift sinken; was soll ich auch niederschreiben? Ich räuspere mich. „Ich, äh, doch, ich bin mir sicher, dass ich vor exakt vier Tagen hier angekommen, hm, ja, abgestürzt bin. Kein Zweifel. Wenn Sie möchten, können wir in den Aufzeichnungen des Leitsystems nachsehen." „Kleiner Idiot." lacht sie. „Bist Dir so sicher. Doch merk Dir eines – hier ist nichts sicher, gar nichts! Du glaubst zum Beispiel, dass ich existiere. Ich existiere aber nicht, ich bin nur ein Traum." Ich möchte protestieren, sie freilich lässt mich nicht zu Wort kommen und winkt ab. „Muss ich es also beweisen. Dann sieh her."

Sekunden darauf torkele ich fluchend aus ihrer Kabine, entsetzt und angeekelt meine zuvor mausgraue, unverzierte Uniform wischend und schüttelnd, die von einem Moment auf den anderen rot und nass geworden war. Ich würge, als ich Teile ihres Gehirns entdecke, roten Brei, Nein, Matsch, schon wieder Matsch! Er verfolgt mich überall hin. Meine Ohren schmerzen entsetzlich und ich bete, dass ich nicht taub geworden bin; ich bin es nicht, und wieder Glück. Das Schreien der herbeirennenden Person vernehme ich deutlich, wenn auch wie durch Watte. Hätte mich Fox nicht warnen können, dass sie sich mit einem Revolver den Schädel wegpusten will? Oder – verflucht und zugenäht – hätte mich nicht einer warnen können, dass die Funkerin in andere Sphären abgetaucht ist? Vollkommen meschugge? Bei allen...

„Oh Mann, was zum Teufel hast Du mit ihr gemacht? *WAS?*" Es ist der Feldwebel, der mich an den Schultern packt und rüttelt, dass mir noch der Rest Hören und Sehen zu vergehen droht. Besser gesagt die Feldwebel; es ist eine Frau, wie die Funkerin, daran gibt es keinen Zweifel. „Ich hab Dich was gefragt, Blödarsch!" zischt sie. Ihr Atem riecht neutral, nach nichts Besonderem. „Nichts!" ächze ich. „Ich habe nichts mit ihr gemacht! Sie war das alles schön selbst. Und" – mir kommt ein Gedanke - „wenn Sie mir Bescheid gegeben hätten, wäre das möglicherweise nicht geschehen." Wenn man bedenkt, beängstigend, wie schnell ich mich gefangen habe. Sie lässt von mir ab. „Wer konnte schon ahnen... Ich meine, ich dachte... Ach Mist!" Den Satz „Denken ist Glückssache" verkneife ich mir, er hätte das Ende meines Glücks bedeutet. Und ich habe das Gefühl, dass Glück alles ist, was ich noch auf der Habenseite aufzuweisen habe. O.K., Glück und meinen Verstand, den ich in jedem Fall zu behalten gedenke. Was soll es mich schocken, dass ich hier in einem riesigen Grabmal sitze, mitten auf einem toten Planeten, zusammen mit...

Da waren es nur noch zwei. Zwei Soldaten der einst stolzen Streitkräfte der Erde, die einmal beinahe alle Raumkolonien der Menschheit kontrolliert hatte. Soldaten, die im Roten Reich heute als Terroristen gelten. Weil heute die andere Kammer regiert, die Rote, die von den ersten Siedlern des Roten Planeten, des Mars, abstammt. Die Kammer, die den Krieg im All gewonnen hat...

„Es sind in diesem Bunker bereits sehr viele gestorben." rutscht es mir heraus. Frau Feldwebel schüttelt den Kopf mit den kurzgeschnittenen erdbraunen Haaren. „Fast alle gingen bei der Verteidigung des Regierungssitzes drauf. Nur ein paar Versprengte konnten sich bis hierher durchschlagen." Ich glaube es kaum, sie menschelt; werden da gar ihre ausdruckslosen Augen feucht? Ich trete unwillkürlich ein Stück zurück, falls sie sich auch den Kopf wegballert. Man weiß ja nie. Die Funkerin war auch relativ normal gewesen, um dann unvermutet, völlig ohne Vorwarnung abzudrehen und...

Ekelerregend, diese Gehirnstückchen. Ich schnippe ein weiteres von meiner linken Schulter. Dreht man hier zwangsläufig durch? Bunkerkoller oder so? Fängt es mit mir auch schon an? „Wir müssen an die frische Luft. Jetzt." höre ich die Frau wie aus der Ferne sagen. Ich folge ihr nur zu gern. Komisch nur, dass sie die Leiche einfach so in ihrer Funker Kabine liegen lässt. Gleich darauf weiß ich, warum – ein Knopfdruck und eine Metallplatte zischt vor der Kabinentür herab. Praktisch, jede Kabine ist eine potentielle Gruft, hermetisch versiegelbar, so dass auf den Gängen kein Geruch entsteht. Das kann man zurecht als Fortschritt bezeichnen. Ein Zitat, das ich in Gedanken sogleich notiere. Aus so etwas vermochte man etwas zu machen. In einer Sekunde vom Arbeitsplatz zur Gruft, kein Zeit- und Arbeitsaufwand, alles sauber und diskret. Und Arbeitsstätten gab es zuhauf, die Anlage sollte Quadratkilometer umfassen, hatte man mir gesagt. Und nur noch drei Bewohner, inklusive mir. Drei!

Ich träume im Gehen davon, wie ich mit Frau Feld eine neue Zivilisation begründe, Kinder zeuge; und in der dritten Generation vegetieren hier dann inzestuöse Kannibalen mit Hasenscharten und zwölf Fingern. Bisschen klein, der Genpool. Sollte ich doch den Leutnant mit ranlassen, der... Ein harter Stoß in die schmerzende Seite reißt mich aus der rosa Traumwolke heraus. „Trödel nicht, Knirps." knurrt die Unteroffizierin, anscheinend wieder ganz die Alte. Ein harter Knochen, das habe ich von Anfang an gemerkt, als sie mich verhört hat, nachdem ich aus meinem Koma aufgewacht bin. Ist schließlich seltsam, dass ausgerechnet ich überlebt habe und die ganzen Profis an Bord – Schmuggler im Übrigen und so ein weiterer Typ der Blauen, der irgendeinen Spezialauftrag hatte – hopsgegangen sind. Wie das Leben so spielt. Ich hatte daran selbstredend keinerlei Schuld. Ich bin nie schuldig, nur ein stiller Beobachter mit spitzem Bleistift. Auch ohne mein Zutun passieren die extremsten Dinge. Die Jungs und Mädels hatten halt kein Glück, so einfach ist das.

***

Frische Luft ist Ansichtssache. Die Luft auf dem Planeten riecht nach Kloake, Methan oder so schenkt ihr eine individuelle Duftnote. Möglich, dass auch irgendwo eine nicht mehr sauber arbeitende Recycling-Anlage vor sich hin rumpelt und mieft, Wartungspersonal hat die Bunkeranlage wohl des Längeren nicht mehr zu Gesicht bekommen.

Wir sind nicht ganz draußen, natürlich nicht, denn das wäre auf jeden Fall auf Dauer ungesund, wenigstens unangenehm. Wir stehen in einem der äußeren Beobachtungsposten, einer recht kleinen zwischen Felsen getarnten überirdischen Bunkerkuppel mit Sicht- und Schießscharten. Ich blicke auf eine kackbraune, staubige Ebene, auf der kackbraune Felsen verstreut liegen, als hätten ein paar Riesen wahllos Steine umhergeschmissen. Der Himmel ist dafür in ein sattes Rot getaucht und wolkenlos. Es ist ziemlich kühl, schätzungsweise um die zehn Grad Celsius. „Wo sind wir eigentlich?" frage ich die Frau, die ihren leer wirkenden Blick über die Ebene schweifen lässt. Man hatte mir das nämlich nicht gesagt, schließlich war diese Basis topgeheim. Sicher der geheimste Haufen

Schrott und Leichen im Ganzen bekannten Universum. „Fragen Sie den Leutnant." gibt sie mir barsch zur Antwort. Das hatte ich erwartet. „Dann", stochere ich nach, „erzählen Sie mir doch über diese Anlage hier." Ich schiebe rasch nach, als sie ihre Augenbraue hebt: „Keine militärischen oder fachlichen Details, bloß so allgemein etwas." „Das kann ich schon tun." murmelt sie, dass ich es mit meinen immer noch klingenden Ohren kaum verstehe. Sie bemerkt meinen schief gehaltenen Kopf und fährt lauter fort: „Das war vor dem Krieg eine Sicherungsanlage für eine Mine in der Nähe. Muss wohl sehr wichtig gewesen sein, dass man diese bombastische Anlage dafür gebaut hat. Es heißt aber, die Mine sei noch während des Krieges versiegt. Eine klassische Fehlinvestition, das Ganze."

Sie lehnt sich gegen die Scharte und schweigt. Ob sie daran denkt, dass auch sie eine Fehlinvestition ist? Sie hatte Sold erhalten und für mein Dafür nichts zurückgegeben. Der Planet war gefallen, sie aber hockt hier in diesen Bunkern herum und dreht Däumchen. Angeblich, so hatte sie mir mal erklärt, weil sie auf neue Befehle von oben wartet. Ihren letzten Befehl hatte sie von einem General erhalten. Er hatte gelautet, sich hier in die inzwischen leerstehenden Bunkeranlagen zurückzuziehen und sich zu verschanzen. „Dieser General?" frage ich ins Blaue hinein. Sie weiß sofort, was ich meine; sie ist noch klar im Kopf. „General Heinz van Toren von den Blauen Kranichen. Eine Spezialeinheit, bevor sie fragen. Ich lag mit einem Zug Schwerer Infanterie in den inneren Stellungen des Regierungssitzes dieses Planeten unter schwerem Beschuss des Feindes. Die hatten ein Dutzend Terra-Fünf dabei, schwere Kampf-Raumpanzer falls Sie's nicht wissen, und unser einziger Raumpanzer stand ausgebrannt vor dem Gouverneurspalast. Zunder von allen Seiten. Verstärkung gab's nicht und die Unseren fielen wie die Fliegen. Wir hatten nicht genug Bums, um die Terras in den Panzerhimmel zu schicken. Nicht mehr; die ganze schwere Muni war vor Stunden verschossen worden, als wir uns zum Regierungssitz zurückgezogen hatten. Fox funkte wie verrückt, „Brauchen Entsatz, Munition knapp, Stellung nicht mehr lange zu halten, Ausfälle siebzig

Prozent...". Nur Knacken und Rauschen in den Kopfhörern."

Ich registriere, dass sie bei der Erwähnung von Funkerin Fox keine Miene verzieht. Ist sie schon vergessen? Nur noch ein Name auf einer dicken Verlustliste.

„Auf einmal steht zwischen uns ein leibhaftiger General. Noch dazu ein Blauer Kranich! Brüllt der uns an, mit ihm zu kommen, unser letzter Befehl, die Stellung zu beziehen, sei hiermit aufgehoben. Ich gehorche ohne zu Zögern. Himmel, ein Kranich-General! Meine Befehle hatte ich von einem Major der Schweren Infanterie erhalten. Blaue Kraniche sind die Elite, wie Sie wohl wissen. Also auf auf und geduckt hinter ihm her; ganze acht Mann sind wir noch. Ein Weiterer lenkt den Feind durch Dauerfeuer ab, wird aber noch im letzten Moment von einer Laserkanone weggepustet. Welch Verschwendung! Aber die Rote Kammer hatte es ja, das muss man ihnen lassen."

Wir laufen ein Stück auf und ab, denn es wird nun wahrhaftig kühl. Nachts kommt der Frost, doch es sind noch ein, zwei Stunden bis zur Dämmerung. Ich habe keinen Zeitmesser dabei.

„Da draußen gab es damals einen Garten." sagt sie unvermittelt. Ich schiele wieder hinaus, mustere noch einmal den kackbraunen Staub, der ruhig auf allem liegt, weil kein Wind weht. „Den haben die Verwalter angelegt, die in dieser Anlage die Grundversorgung aufrechterhalten haben, falls die Anlage doch wieder einmal gebraucht würde. Der Garten wurde wenig später von einem Raumzerstörer der Roten pulverisiert, warum, kann ich nicht sagen. Militärisch unsinnig. Denn anscheinend wussten die nichts von der alten Anlage hier, sonst hätten sie doch massiv und gründlich bombardiert, oder Bodentruppen entsandt. Die Verwalter sind bei der Bombardierung übrigens mit draufgegangen. Schicksal – wir waren kurz vorher angekommen und der General hatte sie weggeschickt, in Sicherheit, wie er gesagt hatte. Kaum waren sie mit ihrem Gepäck draußen, macht es Rums. Pech, wirklich Pech. Wären sie hiergeblieben, wären sie sicherer gewesen."

Ich lecke meinen Stift. „So hat der General Sie also hierhergeführt. Hat er gesagt, zu welchem Zweck?" „Da müssen Sie den Leutnant fragen. Der General hat uns nur den Befehl gegeben, hier auf weitere Befehle zu warten. Kurz darauf haben wir ihn tot aufgefunden, mit einem rauchenden Revolver in der Rechten..." Oha. Interessant. Ein General einer sogenannten Eliteeinheit, voller Elan und Entschlusskraft, nach ihrer Schilderung, mit einem klaren Ziel – dieser Bunkeranlage – und dann... Begeht er urplötzlich Selbstmord.

„Sie", denke ich laut nach, „haben sich da keine Fragen gestellt? Es einfach hingenommen?" Sie schaut mich mit komischem Blick an. „Der Leutnant hat sofort das Kommando übernommen. Er ist doch der Adjutant des Generals und es ist alles rechtens. Unser Sani hat den Tod des Generals festgestellt und das war's. Keine weiteren Fragen." Sie zögert. „Merkwürdig war es natürlich schon." Das will ich meinen, Schätzchen! „Wir hatten freilich keine Zeit nachzudenken. Die Anlage musste gesichtet und gesichert werden, Wachen eingeteilt – und das mit uns paar Hanseln. Eine Anlage, die einmal zwei Kompanien als Besatzung gehab hatte!" „Die anderen", frage ich, „wie sind die gestorben? Ich meine, Sie sagten, es seien Acht gewesen, mit Ihnen und Fox." Stille.

Eine Assel krabbelt vorüber und wird Opfer des schweren Stiefels der Unteroffizierin. Komisch, dass ich in Gedanken nie ihren Namen benutze, sie auch nicht mit Namen anrede. Ich kenne ihn selbstredend, sie heißt Thia O'Hara. Irische Vorfahren sicherlich, sympathisch, sympathisch. Ob sie gerne Stout trinkt? In den Vorratsräumen der Anlage wird sich solches aber kaum finden; immerhin fehlt es sonst an nichts. Als hätte man erwartet, dass die Anlage bald wieder...

„Einer Krankheit, zwei Unfälle, drei bei Außenmissionen verschollen. Genügt das?" faucht sie, dass ich zusammenzucke. „Zwei der Drei habe ich sogar persönlich gesucht und dabei die Katastrophe gesehen, das heißt gemessen. Die ganze weitläufigere Umgebung ist verstrahlt und verseucht, kein Durchkommen ohne schwere Schutzkleidung!" Ich ahne es. „Die Verschollenen hatten keine schwere Schutzkleidung." Sie nickt langsam. „Ich weiß nicht, ob bei den Kampfhandlungen Reaktoren und Fertigungsanlagen von uns hochgegangen sind, oder ob die Feinde ABC-Waffen eingesetzt haben. Das Ergebnis ist das Gleiche. Die Region ist auf lange Zeit unbewohnbar."

Wie ich über das Gesagte nachdenke, halte ich abrupt die Luft an und weiche zum Schott ins Anlageninnere zurück. „Keine Sorge", grinst sie krampfhaft, „im näheren Umfeld ist die Belastung minimal. Da es hier kaum regnet und kaum Wind weht, wird die Verseuchung auch nicht hierhergetragen. Dann noch die Hügelkämme zwischen der ehemaligen Residenz und dieser Ebene. Alles safe. Der General hat gewusst, wohin er uns führt." Ich atme erleichtert durch. Wie schade, dass dieser General tot ist, er hätte garantiert Informationen besessen, die Platin wert gewesen wären! „Gibt es keine gespeicherten Daten, keine Aufzeichnungen des Generals?" kommt es mir mit einem Mal. Das Naheliegenste fällt einem immer zuletzt ein... „Wissen Sie was", sagt sie, „wir werden nachschauen. Es beginnt mich zu interessieren."

***

Recherche, ja, mein Element. Ich fühle schon, wie ich ganz aufgekratzt werde. Recherche bei einem General kann lebensgefährlich sein, aber ist nicht alles lebensgefährlich? Wie viele sind schon gestorben, weil sie in einen Bus eingestiegen sind? Wie viele sind schon an Brot erstickt? Im Lauf der letzten Jahrtausende sicherlich ebenso Tausende. Wie viele haben beim Sex einen Herzinfarkt bekommen? Der Tod lauert überall, machen wir uns nichts vor. Warum also nicht etwas riskieren? Besser als Langeweile ist es allemal. Und wenn die Erlösungsreligionen rechthaben, wird es nach dem Tod auch noch spaßig. Wenn nicht, schert es einen nicht mehr. Ist es nicht so, Feldwebel? Feldwebel? Sie hört nichts, wie sollte sie auch, denke ich doch nur.

Ich stelle mir vor, wie die Bunkerbesatzung hier gelebt hat, tagaus, tagein. Damals muss es spannend und abwechslungsreich gewesen sein. Die Blaue Kammer war die aufstrebende Macht, die Mine unweit der Anlage von großer Bedeutung und das Bunkerpersonal motiviert bis zum Bersten. Laut O'Hara gab es hier einen regen Freizeitbetrieb mit allen Neuheiten des

elektronischen und sportlichen Vergnügungs-
marktes. Das Freizeitarsenal besteht heute nur
noch aus ein paar leeren Hallen, Räumen und
Gängen, in denen vergammelte und angeros-
tete Metallbehälter gelagert sind, voll mit unge-
fährlichem Abfall, den keiner mehr abtranspor-
tiert hat. Die elektronischen Neuheiten und
Sportgeräte waren wichtiger, was gewisserma-
ßen verständlich ist. Die Küchen wenigstens
hat keiner abgebaut, da war alles noch vorhan-
den. Wir müssen eine dieser Großküchen
durchqueren, eine, die aber nicht mehr genutzt
wird. Das Licht flackert auf Knopfdruck kurz
auf, um hinter uns wieder zu erlöschen. Es hat
nichts Ausgefallenes offenbart, außer man hält
Kücheneinrichtungen für ausgefallen, was ich
nicht tue, auch wenn ich selbst nicht koche. Ich
ziehe Kantinen mit Bedienung vor, bin aber eh
permanent auf Reisen.

Nur unsere Schritte tappen hörbar, hin und
wieder knarrt ein Stiefel oder flappt ein Stück
Stoff unserer Uniformen. Ich hatte meine noch
an Bord des Frachters erhalten, eine neutrale,
ohne Rangabzeichen und Symbolen. Keine Ahnung, warum ich meine Alltagskleidung nicht

hatte behalten dürfen. Ich hatte aber nicht daran gehangen. Als rasender Reporter musste man flexibel sein. Ha, ich bin wohl der einzige, auf den die Bezeichnung zutrifft! Wer sonst rast an Bord von Raumschiffen mit einer Astronomischen Einheit pro Stunde durchs All auf der Suche nach neuem Stoff für das Millionenpublikum? Das sind knapp 150 Millionen Kilometer in der Stunde – wenn das mal nicht Rasen ist. Momentan „rase" ich allerdings mit etwa zwei Kilometern in der Stunde. Ich will nicht daran denken, dass ich Gefahr laufe, nie mehr mit 150 Millionen Kilometern in der Stunde zu rasen.

Mein Gehör kehrt zurück, das aufdringliche Summen hört auf. Ich bin gut darin, jede Verbesserung der Situation zu erkennen. Wärmer ist es auch geworden; das Heizsystem funktioniert im Bunkerinneren gut, selbst die Luft riecht hier nur stickig, nicht aber nach Gülle. Ich mustere die Unteroffizierin. Trainierte Figur, Anflug von Bodybuilderin, markantes Gesicht mit hohen Wangenknochen, schmale Nase, graue Augen unter schmalen Brauen. Die Ärmel ihrer Uniform hat sie hochgerollt, auch im Außenposten hatte sie das nicht geändert, trotz

Kälte. Ich muss innerlich lachen, als ich zum ersten Mal das Tattoo auf ihrem linken Unterarm bewusst registriere; es sind die Worte „Blue Power Forever", in schwungvollen Buchstaben, daneben zwei gekreuzte Sturmgewehre. Auf mich wirkt so etwas immer kitschig, ich kann mir nicht helfen. Aber O'Hara meint das sicher bitterernst. Ich glaube, sie steht wirklich noch voll hinter ihrem Verein, obwohl der übelst zertrümmert worden ist. Auch politische Kammern besitzen ihre fanatischen Anhänger in unserer Zeit. Möglich, dass ich sie auch vollkommen falsch einschätze. Immerhin beweist sie eigenes Denken und Entschlussfreudigkeit, indem sie mit mir zum Büro des Generals geht.

Was macht eine Frau wie sie in der Armee? Ist sie eine gute Kämpferin, könnte sie als Leibwächterin oder Söldnerin viel mehr verdienen und viel unabhängiger sein. Die Pension wird sie doch wohl kaum locken. Wenn doch – ich schätze, die Pensionsfonds von den Blauen gehören heute alle dem Feind. Ich frage. Ihre Antwort „Hab einen umgebracht und musste untertauchen" hört sich verdammt glaubwürdig an und lässt mich doch tatsächlich schlucken, so eiskalt und beiläufig hat sie das geäußert. Meine Fresse und ich habe gemutmaßt, dass sie in der Armee am falschen Ort sei.

Ich sehe etwas, was meine Aufmerksamkeit auf sich zieht. „Die Metallsärge da in der kleinen Halle…" „Enthalten wertloses Gerümpel." klärt sie mich auf, ohne stehenzubleiben. „Es hat zu viele Umstände gemacht, die Leichen einzusargen, wir haben die Särge lieber als Müllcontainer genutzt. Man muss praktisch denken." Die Gruft, ich erinnere mich. „Die Särge stammen von unseren Vorgängern." ergänzt sie noch, dann schweigt sie wieder.

Meine Güte, ist das ein langer Weg. Früher hat es hier mit an Sicherheit grenzender Wahrscheinlichkeit Beförderungsmittel gegeben, vielleicht gar Kleinbusse. Einige der Tunnel, die wir teilweise nutzen oder queren, sind breit und hoch genug dafür. Wir aber bewegen uns per pedes fort, wie die Neandertaler in der Steinzeit. Ich muss an mein fettes Spesenkonto denken; was nützt es mir in dieser Situation? Ich könnte Hafenkommandanten oder Polizeipräsidenten bestechen, so viel könnte ich investieren. Wenn es einen zum Bestechen gäbe.

„Wo ist eigentlich der Leutnant gerade?" kommt es mir in den Sinn zu fragen. O'Hara gibt ein unfreundliches Knurren von sich. „Wo er immer ist – auf „Station", wo sonst." „Was heißt das?" muss ich nachhaken. „Ich habe ihn seit meiner, na ja, nennen wir es Ankunft, nicht mehr gesehen." „Er hockt in der Schaltzentrale, gibt seine Befehle über die internen Sprechanlagen, wenn er denn etwas befiehlt. Eigentlich hat er die Organisation mir überlassen. Er hat in der Zentrale alles, ein Feldbett, einen Kocher, Vorräte, ne chemische Toilette, eine Waschkabine, Waffen, Funk, Überwachungseinrichtungen, Zugriff auf den Zentralcomputer, alles. Er sitzt da wie die Spinne im Netz. Wie in so einem schlechten Film." „Verrückt geworden?" grübele ich. Sie zeigt ihr Mördergrinsen. „Verrückt sein gehört hier zum guten Ton."

Der Leutnant. Ein dürrer, kahlköpfiger Kerl Mitte Dreißig; recht alt für seinen Rang, möchte man meinen. Obwohl die Ränge bei den Blauen anders geartet sind, als bei den Roten oder den Neutralen, es gibt weniger. Bei der Blauen Kammer hatte man sich nicht so sehr über militärische Ränge Gedanken gemacht, bis es zu spät war. Galt die Erde doch als befriedet; wer hatte erwartet, dass der Feind von außen kommt?

Manche Armeeangehörige waren vielleicht jahrelang einfacher Soldat, wie... „Fox...“ komme ich auf das leidige Thema zurück; ihr Ende schwirrt noch in meinem Hinterkopf herum. „Ist Geschichte.“ spuckt sie mehr aus, als dass sie es sagt. Auf einmal bleibt sie stehen und packt grob meinen rechten Arm. „Man wird verrückt, wenn man nicht lernt, das Ganze zu verdrängen, Mann. Es war ein scheiß Fehler von mir, Ihnen zu erlauben, sie zu interviewen. Ich dachte, es würde Fox guttun, zu reden. Ich bin keine beschissene Psychologin. Ich habe mich geirrt! Ja, *ICH* war schuld! Wollten Sie das hören? Und nun kein Wort mehr darüber, keines!“ Darauf ruhiger: „Wir sind auch gleich beim Büro. Nur noch durch diese Schleuse dort, einen Gang runter und rechts.“

Dass die Leute immer so heftig reagieren müssen. Ich tue nur meinen Job. Schuldig oder nicht spielt für meiner einer keine Rolle – ich richte nicht, ich berichte!

Ah, das Büro des Generals. Ich bin etwas enttäuscht, dass es gar so wenig hermacht. Es hätte auch das Büro des Pförtners sein können, vom Aussehen her. Schlicht, schäbig, provisorisch. Verwundert bin ich dagegen, dass es überhaupt nicht verschlossen und gesichert ist. Alles steht weit offen, die metallene Eingangstür, die Schubfächer des Schreibtisches, die altmodischen Aktenschränke, der Kleiderschrank mit der Ersatzuniform. Eine Paradeuniform, putzig. Aber – keine Akten, keine Aufzeichnungen, keine Notizen. Kein Wunder, dass alles offensteht; hier gibt's nichts zu klauen oder auszuspionieren.

„Wo ist der ganze Kram" höre ich den weiblichen Feldwebel fluchen. Sie zerwühlt die Schubläden, die nur wert- und nutzloses Zeug enthalten. „Kein Datenchip, nichts!" Langsam ist sie wirklich erregt. „Als ich das letzte Mal hier war, stand dort ein Laptop und da im Eck ein Hologramm Werfer. Beides weg!"

Ich lasse mich auf des Generals ehemaligem Schreibtischsessel niedersinken, der sich als äußerst bequem herausstellt, und murmele: „Das Zeug wird der Leutnant gesichert haben, kein

Grund zur Aufregung. Oder meinen Sie, jemand von außen sei hier eingebrochen? Wird das hier ein Weltallkrimi? Sind die Verschollenen gar nicht verschollen, sondern zum Feind übergelaufen und haben zuvor den General ermordet und beraubt?"

Ich lache auf, weil ihr Gesichtsausdruck darauf schließen lässt, dass sie meine spontanen Spinnereien für glaubwürdig hält, zumindest für erwägbar. „Blödsinn!" meine ich. „Der Leutnant hat das Zeug, was ja wohl seine Aufgabe ist, als Adjutant und so." Die Paranoia greift um sich. „Hier gibt es nichts Mysteriöses oder Verbrecherisches, nur ein klein wenig Wahnsinn und Verzweiflung, vermischt mit Trübsal. Nach den Jahren auf diesem Scheiß-Posten auch nicht verwunderlich. Ohne Aussicht, wegzukommen und..." O'Hara kreischt. „Aufhören! Ich will nichts hören, Sie Scheißkerl, Sie! Sie sind ein zynisches Arschloch und wenn Sie weiter so daher schwätzen knall ich Sie ab, bei meiner Ehre!" Auch wenn ich Sie nicht für sonderlich ehrbar halte, schweige ich da doch lieber wieder. Sie macht keine leeren Worte, sie nicht.

Um abzulenken, spinne ich wieder Gedanken. „Gibt es noch mehr Orte, an denen der General Daten hinterlegt haben könnte?" Das Nachdenken darüber beruhigt die Unteroffizierin tatsächlich wieder; blitzschnell geht das, als hätte einer einen Hebel umgelegt, von aufbrausend auf sachlich überlegt. Eine ungewöhnliche Person. Ob sie immer so war, bereits als Kleinkind? „Gib mir meinen Lutscher, oder ich bring Dich um. Oh, Mittagessen. Ich muss jetzt gehen. Bis morgen dann."

„Er hat mit dem Zentralcomputer gearbeitet – dort finden sich möglicherweise noch Daten. Aber" - sie kratzt sich am Kopf - „im Kontrollzentrum hockt der Leutnant und lässt keinen rein." „Es wird in dieser Riesenanlage doch noch andere Zugriffsmöglichkeiten auf den Computer geben." sage ich ungläubig. „In der Krankenstation, in der Hyperfunkzentrale, in der Verwaltung..." mache ich ein paar Vorschläge, die mir möglich erscheinen. Sie legt die Stirn in Falten und denkt angestrengt nach.

„Nein. Die Krankenstation hat ein internes System, das nicht mit dem anderen gekoppelt ist, um es zu schützen, wenn das Hauptsystem versagt. Dasselbe gilt für das Hyperfunksystem. Und das von der Verwaltung wurde vor unserer Ankunft abgebaut und entfernt. Mir ist aber etwas eingefallen – es sollte noch ein System geben, das Zugriff auf den Computer hat und das sicher für eine spätere mögliche Verwendung vor Ort belassen wurde. Im Hangar!"

„Im – *HANGAR*?" Ich bin baff. „Es gibt hier einen Hangar und keiner hat mir was davon erzählt?" „Er ist versiegelt, seine Zugänge sind sogar zugeschweißt." winkt sie ab. „Da wartet bestimmt kein hübsches Raumschiff auf Sie, das Sie zu den Sternen fliegt."

Ich erkenne, dass mich das Gestrandet sein auf diesem Planeten doch mehr bewegt, als ich mir eingestehen will. Sonst hätte ich wohl kaum so impulsiv reagiert. Wie blöd von mir; es ist doch absolut abwegig, dass dort noch ein Schiff herumsteht, nachdem alles von Bedeutung weggeschafft worden war, lange bevor die Gruppe um O'Hara hier aufgeschlagen ist. Aber warum versiegelt und zugeschweißt?

„Wurden noch mehr Teile der Anlage versiegelt?" will ich wissen. Sie schüttelt den Kopf. „War", frage ich, „jemand von Ihren Leuten mal im Hangar?" „Wie sollten wir." grunzt sie. „Er ist versiegelt und zugeschweißt, haben Sie nicht zugehört?" „Und es gab keinen Befehl, dort nachzuschauen, ob…" „Der General hat Anweisung gegeben, dass der Hangar uns nicht zu interessieren hat." meint sie.

Ich grinse breit. „Ein Grund für uns, dass wir uns dafür interessieren, oder?" „Yeah." sagt sie durch die Zähne. Wenn das so weitergeht, wird sie das wandelnde Klischee. Das wäre ja nicht schlecht – wenn ich nur genau wüsste, wie sich so ein Klischee in der entsprechenden Situation genau verhält. Man redet immer viel, aber wenn man näher darüber nachdenkt…

Gott, werde ich hier noch philosophisch? Fuck, fuck, fuck, bloß das nicht. Wie gut, dass es weitergeht!

***

Wohin führst Du mich jetzt, Feldwebel, wo ist dieser Hangar, wo? Wieder ewig latschen? Ein Gang ist so grau wie der andere. Auf lebensfrohe Anstriche hat man im militärisch-industriellen Komplex noch nie Wert gelegt; Ausnahmen bestätigen die Regel, wie dieser bisexuelle Colonel der Sturmallianz auf...

Ach, den Ort hab ich vergessen. Er muss doch mindestens bisexuell gewesen sein – welcher Heterosexuelle hängt sich schweinchenrosa Teppiche an die Wand? Ich kenn keinen; na ja, möglich ist, dass der Colonel farbenblind ist. Aber dann wäre er doch nicht zur Sturmallianz gekommen. Als nicht knallhart-Klischee-superduper-Heterosexueller hingegen schon, das ist seine Privatsache. Und gleich, welches Geschlecht man präferiert, im Dienst sind Techtelmechtel verboten. Alles glasklar geregelt. Und wenn die Teppiche ein Geschenk seiner Frau... Oder von einem Vorgesetzten? Da kann man sie schlecht abhängen.

Man folgt einfach zu überstürzt seinen ersten Vermutungen. Ich als Reporter sollte...

Himmel, hier stinkt es aber! Wen wundert's, in der Ecke lagern sie Biomüll. Fressen für die Asseln; die ernähren sich, meines Wissens, von solchem Zeug. Größere Viecher als Asseln scheint es hierzulande nicht zu geben.

„Gibt es auf dem Planeten Tiere?" frage ich O'Hara. Es ärgert mich, wie ich dabei keuche. Frau Feldwebel hat aber auch ein Tempo angeschlagen! Natürlich keucht sie nicht, als sie bereitwillig antwortet.

„In unseren Breiten nur Asseln. Die haben wir auf Raumschiffen eingeschleppt. Im Süden des Planeten sieht das anders aus, da existieren sogar Wälder, wenngleich die sogenannten Bäume dort sehr bizarr aussehen, ganz verdreht mit winzigen, dunkelroten Blättern. Dort sollen sogar Säugetiere leben, ich war selbst nie dort." Nun schnaubt sie doch einmal; leider nicht, weil ihr die Puste ausgeht. „Falls die Roten nicht auch die Wälder pulverisiert haben, wie den kleinen Garten draußen. Aber wie kommen Sie jetzt darauf?" „Einfach so. Eine typische Reporterfrage." „Denken Sie nicht zu viel nach, ich kann es Ihnen nur immer wieder raten." meint sie ernst.

Die hat Nerven; wie soll man bitte schön nicht nachdenken? Das macht das Gehirn doch praktisch von alleine, ohne Auftrag. Und nun fängt es verständlicherweise erst recht an.

Wenn man versucht, über nichts nachzudenken, tut man es gerade...

Wie ist das, wenn man nicht nachdenkt, überhaupt nicht denkt. Dann ist man tot, oder? Oder man schläft; wobei das Gehirn doch auch im Schlaf aktiv ist, nur das Bewusstsein, die bewusste Wahrnehmung der Umgebung ist ausgeschaltet.

Man weiß so vieles nicht sicher. Frau Feld kennt sicherlich hundert Methoden, einen Menschen zu töten; hab mal gehört, dass sie das bei den Blauen gelernt haben. Kann natürlich auch Propaganda gewesen sein, um die Irdischen schlechtzureden, oder Blauen-Propaganda, um die Erdentruppen besser darzustellen, als es ist. Zwei Seiten, zwei Möglichkeiten. Kommt auf den Betrachter an.

Oh Mann, was bin ich fertig. Auch noch Treppen und steile Metalleitern. Scheint, ich werde alt. Gibt es hier keinen Lift? Ich erschrecke, weil sie eine Antwort gibt – ich hab das Letzte laut ausgesprochen, ohne es zu wollen! Bleib cool, Freundchen, bleib cool. Wenn Du Gaga wirst, ist keinem geholfen! ... Energiesparen, ach so. Würde sich aber schon lohnen, für unser Fortkommen ein wenig Fremdenergie zu verbrauchen. Wieso Energiesparen?

„Wir nutzen den alten Reaktor nicht, zu unsicher ohne Fachpersonal. Wir benutzen die Hilfsaggregate, die mit Diesel laufen. Im Übrigen, selbst wenn Fachpersonal da wäre, wäre das Anfahren des Reaktors keine gute Idee. Den Energieanstieg würde der Feind orten und dann würde die Hölle über uns hereinbrechen.“

„Ihre Tätowierung...“ setzte ich an, wieder einem spontanen Gedanken folgend. Ich kann's halt nicht lassen. „Was?“ zischt sie. Nicht so an genervt, ich versuch nur Smalltalk zu machen, damit uns der Weg nicht ganz so trist wird. „Wenn wir hier wegkommen, sollten sie die gut überdecken. Der Slogan kann sie blitzartig ins Kittchen bringen, oder, noch schlimmer, in eine Verhörzelle der Roten Schergen.“

O'Hara bleibt mit einem Ruck stehen und gafft mich an. Das flackernde Deckenlicht des Verbindungsganges, in dem wir uns aktuell befinden, lässt Schatten auf ihrem Gesicht tanzen. Sie ist ehrlich baff. „Sie glauben wohl wirklich, dass wir hier wieder wegkommen?" Ich zucke mit den Achseln. „Na, irgendwann kommt doch wohl..." Frau Feldwebel aber schüttelt den Kopf. „Was soll das Kopfschütteln? Jemand weiß, dass Sie hier sind, sonst hätten mich die Kontaktleute doch nicht mit dem Schmugglerfrachter zu Ihnen geflogen!" Da lacht sie schallend auf, was nun mich baff macht. Ihre nächsten Worte aber lassen mich erbleichen. „Schon mal auf den Gedanken gekommen, dass man sie schlicht beseitigen wollte? Sie sind doch Reporter. Sie wollen Dinge über die besiegten Blauen in Erfahrung bringen, die letzten Blauen aber befinden sich im Untergrund, werden gejagt, auf Sicht vernichtet. Ich glaube nicht, dass meine Leute wollen, dass ein Reporter in unseren Reihen herumschnüffelt. Irgendwer bei uns hat sich gedacht, fliegen wir den Kerl auf einen verlassenen, verstrahlten Planeten und behaupten wir, dort sei ein Geheimquartier unserer Kammer. Wir fliegen wieder ab und er geht drauf. Das klingt für mich realistischer!"

„Es, es war ein Kontaktmann von Ihren Jungs dabei, der auch landen sollte!" stottere ich. Ich bin innerlich aber mehr sauer darüber, dass mir der Einfall nicht selbst gekommen war. Zu sehr von mir eingenommen, ich bin zu sehr von mir eingenommen!

Ich dachte, die wollen meinen Bericht, weil ich als Koryphäe in der Szene gelte, im Uniweb... „Der Kerl sollte dafür sorgen, dass Sie auch auf dem Planeten bleiben, nichts weiter. Finde ich jedenfalls die logische Erklärung dafür." sagt sie.

Jetzt kommt's mir – der Typ ist während des ganzen Fluges nicht von meiner Seite gewichen; der hat mich überwacht, klare Sache! Ich Schwachkopf! Worauf hab ich mich nur eingelassen, worauf? Und haben die gar...? Nein, so wichtig bin ich nun auch nicht. Oder doch? Haben die vom Blauen Untergrund den Frachter sabotiert, ihren eigenen Mann geopfert, um mich...?

Ich meine, ich bin schon berühmt, habe Fans, verdammt viele. Den krassesten Uniweb-Checker nennt mich immer mein Boss. Ich hab den Skandal in der Spielshow „Gottesurteil!" aufgedeckt, was auch der Kirchenleitung sehr gestunken hat. Was hatten die auch genmanipulierte Psychos unter Vertrag, die... Verd…!

„Sehen Sie jetzt ein, dass keiner kommen wird? Unser netter Planet hier steht unter Quarantäne, darf gar nicht angeflogen werden! Alle Daten wurden aus den handelsüblichen Sternenkarten gelöscht. Woher ich das weiß? Am Anfang konnten wir noch Funkverkehr abhören, Funkverkehr des Feindes... Außerdem – die Planetenoberfläche ist definitiv verseucht." „Die alte Mine, die Ruinen der ehemaligen Einrichtungen, da muss es doch was zu holen geben? Irgendwer hat doch sicher auch noch Aufzeichnungen über die Anlage um uns herum? Plünderer, unabhängige Prospektoren, Raumpiraten, irgendwer?" „Zu hohes Risiko bei sehr niedrigem zu erwartenden Gewinn, wenn überhaupt. Die Roten patrouillieren den Raumsektor garantiert und schießen Eindringlinge ab." „Aber es geht! Mein Frachter..." „...wollte nichts holen, sondern etwas bringen. Ein Sonderfall." ...

„Und wenn sie nachprüfen wollen, ob ich tot bin. Wenn die ganze Geschichte stimmt." „Sie halten sich wahrhaftig für wichtig, was?" grinst sie mit einem Anflug von Häme, um von einem Lidschlag auf den anderen die Traurigkeit selbst zu sein.

„Fox hätte mit Ihrem Frachter abfliegen können, wissen Sie? Ihre Dienstzeit war abgelau-
fen, sie hatte sich auf zehn Jahre verpflichtet.
Sie war seelisch fertig, als der Frachter abgestürzt ist."

Daraufhin läuft sie wieder los und beschleu-
nigt ihren Schritt, dass ich kaum mehr hinter-
herkomme. Arme Fox. Na, sie hat's hinter sich.
Wir dagegen stecken noch mitten in der Kacke.

***

Es muss doch eine Möglichkeit geben... In-
terplanetarischer Funk! Hm, nur mit Reaktor-
energie, so viel versteh auch ich. Und die beiden Blauen werden kaum ihre Position verraten wollen. Das vergesse ich dauernd – die befinden sich ja im Krieg. Ich hingegen will bloß
in die Zivilisation zurück.

Dreifach verflucht! Hol der Teufel diesen
ganzen Scheiß. Wenn ich hier wegkomme,
mach ich nur noch Unterhaltungsprogramm,
echt. Wenn Du hier wegkommst. Ich hab es ver-
standen, Gehirn.

Je näher wir dem Hangar kommen, desto dreckiger und feuchter wird es, habe ich das Gefühl. Dies Gefühl trügt nicht; in diesem Teil war eben schon länger keiner mehr. Und dieser Gestank! Widerlich. Plötzlich durchzuckt es mich. „Sie werden mich abmurksen, nicht wahr, Feldwebel?" „Wenn Sie nicht endlich mit ihrem Blödsinn aufhören, dann ja! Und Sie reden davon, wie verrückt die anderen sind..." „Ich meine, wenn mich Ihre Seite beseitigen will – und Sie sind..." „Ach daher weht der Wind. Wissen Sie was, Sie sind mir eigentlich scheißegal. Sie sind hier; das ist so gut wie tot, nicht? Außerdem ist nicht erwiesen, dass meine Blauen Sie tot sehen wollen, es ist nur eine, wenn auch recht scharfsinnige Annahme." Sie schmunzelt. Bei allem, was mir heilig ist, sie schmunzelt, macht sich wieder lustig.

„Falls Sie ernsthaft glauben, dass ich Sie umbringen werde, ist es aber nicht klug, mich darauf anzusprechen." „Was ist schon klug." murre ich. „Ja, was ist schon klug."

Mich fröstelt. Von irgendwoher zieht es kräftig; ich reibe meine Oberarme. Frau Feld merkt man selbstverständlich nichts an. Ich luge nach einer Gänsehaut, aber auf ihren nackten Armen will sich keine zeigen.

Mein Blick geht tiefer und – fällt auf ihre Pistolentasche. Wann, zum Kuckuck, hat sie diese unterwegs geöffnet? Seit ich sie kenne, trägt sie sie geschlossen, zugeknöpft. Und nun wackelt der Verschluss im Takt ihrer Schritte locker auf und ab.

Verlass Dich nicht zu sehr auf Dein Glück, Kerl! Sei wachsam, da stimmt doch etwas nicht... Erinnere Dich an die Junkies bei Stadtmetropole auf der Erde! An diesen angeblichen Distriktagenten; der hat auf Kumpel gemacht, wollte Dir Zugang zu einer Drogen-Gang verschaffen, nur um Dich dann in einem Hinterhof anzuschießen und auszurauben.

Vergiss nicht Deine reichen Erfahrungen, Reporter! Dich legt keiner mehr aufs Kreuz – und schon gar nicht so ein stupider Ufz von der Blauen Armada. Du kennst auch Deine Tricks! Wenn Sie zur Pistole greift, zack. Halsschlagader, Luftröhre, Schläfe, alles feine Stellen für Handkantenschläge. Notwehr, keine Frage.

Ich kichere, was mir einen abschätzigen Seitenblick von O'Hara einbringt. Notwehr – wo kein Kläger, da kein Richter. „Es ist nicht mehr weit." knurrt sie.

Knurren, auch so ein Ausdruck. Wie knurrt man die Worte „Es ist nicht mehr weit"? Grr-GrrGroarr? Unsere Sprache ist eine unsaubere Sprache. So viel nimmt man hin, ohne daran zu denken, wie unsinnig es ist.

***

Gedankenfetzen. Bekomme Hunger; wie viele Tage hält man ohne Essen aus? Die Unteroffizierin rüttelt an einem Stahlschott, das zu klemmen scheint. Wie ich hinzutrete, um zu helfen, stößt sie mich unsanft weg. Ein Tritt von ihr und das Schott knirscht auf. Rost rieselt auf uns herab. Dieser Teil der Anlage ist alt.

„Können – wir – nicht mal eine – Pause machen?" huste ich. Nein, ich bin kein Schwächling, aber die Schwerkraft ist auf diesem Planeten höher als auf der guten alten Erde. Nicht viel, aber es geht in die Knochen. „Können wir. Ich will ja nicht, dass Sie sich totlaufen." Jetzt spottet sie unverfroren. Du Luder! Warte, ich pack Deine Waffe und dann… „Danke, dieses ständige Auf und ab zehrt doch an einem. Gibt es keinen direkten Weg zum Hangar?" Ich setze mich auf einen Betonblock, der weiß Gott warum mitten im Gang steht. Sie spuckt aus; aber nicht, um damit etwas auszusagen, sondern eher wegen des metallischen Geschmacks im Mund, den ich auch schmecke. Die Luft riecht in diesem Bereich auch so. „Die Verwalter haben berichtet, dass es in diesem Teil der Anlage aufgrund eines Unfalls zu einem Einsturz verschiedener Gänge gekommen ist – Gasexplosion oder so. Wir mussten einen kleinen Umweg gehen." „Ein Unfall." „Der Leutnant weiß Näheres darüber, ihm haben die Verwalter detailliert Meldung gemacht, kurz bevor sie die Anlage verlassen haben."

Hm, hätte ich nicht mit dem Leutnant hier rumlaufen können? Alles von Interesse weiß nur er. „Habe ich gesagt, dass Sie ein Volltrottel sind, Reporter?" „Hä?" entfährt es mir nur. „Glauben Sie ja nicht, ich sag das wegen dieser Sache mit „was sich liebt, das neckt sich."! Ich necke Sie nicht, ich beleidige Sie." Wenn Sie ein fetter, unrasierter Typ in einer Bar gewesen wäre, hätte ich vermutet, dass die Worte auf den Wunsch nach einer Schlägerei hindeuten. So freilich... „Kann es sein, dass Sie den Zeitpunkt verpasst haben, irgendwelche Pillen einzuschmeißen?" vermag ich mir nicht zu verkneifen zu sticheln. „Ich hab doch nun wirklich nichts Dummes verlauten lassen!" „Oh, ich habe ihrem Gesichtsausdruck angesehen, dass Sie an etwas Dummes gedacht haben."

O'Hara versteht es zu beleidigen, alle Achtung. Nicht auf den Mund gefallen. Darf man als Feldwebel wohl auch nicht sein. „Relax, Lady, wir sollten doch schön sachlich bleiben." „Das sagen Sie?" „Jup." bestätige ich kurz und knapp, geradezu lässig.

Ich schätze, dass sie mich jetzt mit anderen Augen mustert, meine Coolness erkennt, mich in Gedanken auszieht, um mich... Sie würdigt mich keines weiteren Blickes und meint in einem sachlichen Ton, sachlicher geht es gar nicht: „Genug geruht. Ich habe heute noch mehr vor." Da sie sogleich losstapft, muss auch ich auf und weiter. Ich hätte in diesem unterirdischen Irrgarten doch nie wieder rausgefunden! Sklaventreiberin, Hure, Scratt-Putze!

Hoffentlich gibt's im Hangar Computerzugriff, sonst weiß ich nicht, was passieren wird... So versifft, wie hier alles ist, erwarte ich das Schlimmste. Igitt, Schimmel an den Wänden und überall Asseln. Ist das noch dieselbe Bunkeranlage? Bin ich vielleicht inzwischen ins Jenseits hinübergewechselt, ist das eine besonders schmutzige Version der Hölle? Festzuhalten ist: Mein Leben geht gerade den Bach hinunter. Zeit, dass es wieder aufwärtsgeht!

Und – da poltere ich aus einem abfallenden, glitschig-feuchten Schacht und schlage beinahe lang hin. Wir stehen in einem Tunnel, in dem auf jeden Fall ein Kleinbus fahren könnte. Sporadische Notlampen tauchen die Umgebung in klassisches rotes Notlicht. Oder sind wir im Bordell gelandet? Ne, da ist ein übermannsgroßes Metalltor, so was gibt's im Bordell nicht.

Das Tor ist mit quergelegten Stahlträgern verschweißt, so dass ich messerscharf kombiniere, dass das eines der Haupttore zum ersehnten Hangar sein muss. „Ganze Arbeit." höre ich O'Hara anerkennend in ihren nicht vorhandenen Bart brummen. „Das nenne ich mal zugeschweißt!" Nun muss ich wahrscheinlich sagen "So, als ob man da was hatte auf Teufel komm raus drinnen einsperren wollen", und ratsch bricht das Monster aus der Urzeit daraus hervor und beißt uns die Köpfe ab. Ach, Phantasie ist doch was Tolles.

"Fast als ob sie da was haben einsperren wollen." sagt die Unteroffizierin; hoppla, da hat ja noch jemand Phantasie.

"Von innen haben sie es kaum zu schweißen können – da wären sie ja nicht mehr raus- und weggekommen." führe ich ihre Idee souverän ad absurdum. "Punkt für mich." "Sie sind ein Spinner." murrt Frau Feld; sie zückt eine Stabtaschenlampe und aktiviert sie. Ihr Strahl tastet das schwere Schott ab, umsonst nach einem Durchschlupf suchend. "Herrschaft, wie weiter?" flucht sie für sich. "Luftschacht?" bediene ich ein weiteres Klischee aus dem Abenteuer-Repertoire. O'Hara vermag doch glatt zu lächeln. "Nicht dumm, gar nicht dumm." Lobt sie mich. Hat sie noch keinen Roman gelesen oder auch nur einen unserer hochwertigen Filme gesehen? Der Vorschlag ist so was von billig...

„Sie lesen wenig." Stelle ich fest, was ihr Lächeln mit einem Schlag verschwinden lässt. Wechselbad der Gefühle, wie? Gar nicht so hart, was? Ich bin obenauf, nichts von wegen Bach hinunter. Ha, mit mir nicht!

Ich bin ein anständiger Mensch. Hat immer meine Mutter behauptet. Sie war gut darin, die Augen zu verschließen und sich die Realität schönzureden.

HERRGOTT! Was ist mit mir los, werde ich sentimental? Die Luft, es muss die Luft sein; dieser Metallstaub, krebserregend, lungenschädigend, DNS-verändernd. Ich kenn die besten Ärzte – aber die sind Lichtjahre entfernt. Uh, allein ein Knöchelbruch könnte an diesem Ort böse enden, bitterböse!

Da soll ich hinaufklettern? Die eiserne Lady deutet auf ein schmieriges Loch unter der Decke. Meine Frage, ob sie wenigstens Erste-Hilfe-Ausrüstung an der Frau habe, lässt sie ausspucken. Heißt das Ja? Galgenhumor, man braucht hier Galgenhumor – den ich zum Glück besitze.

Einer Eingebung folgend helfe ich ihr nicht, als sie eine anscheinend schwere Metalltonne unter das Loch bugsiert. Endlich zeigen sich bei ihr Zeichen von Anstrengung; sprich, sie schwitzt. Sie ist ein Mensch wie Du und ich. O'Hara winkt mir hektisch; jaja, ich komm ja schon.

„Na los, Schlaffi, ein Klimmzug und Du bist oben." „Hören Sie mal", versuche ich es auf die rationale Tour, „zuerst einmal bin ich nicht Ihr Rekrut, sondern Zivilist. Zudem gebe ich zu bedenken: Die Luftschächte sind doch unter Garantie mit Dutzenden von extrem stabilen Gittern und Netzen unterbrochen, von rasiermesserscharfen Ventilatorblättern ganz zu schweigen. Damit kein Viehzeug durchkommt, oder feindliche Eindringlinge, oder..." Die Unteroffizierin klopft mir jovial auf die Schulter. Für meinen Geschmack zu jovial; ich bin auch kein kleiner Bubi, den man nicht ernst nehmen muss! „Bloß dünne Gitter, die man kinderleicht wegtreten kann, werden wir vorfinden. Die Luftschächte sind nicht mit Antiagentenfallen gespickt, glauben Sie mir. Im Bunkerinneren kriecht bei vollem Betrieb nur Wartungspersonal der Bunkerbetreiber in den Schächten herum, und das hat keinen Nerv, jeden Meter erst eine Falle zu entschärfen oder ein Superstahlgitter abzuschrauben. Und die Ventilatorblätter sind auch nicht angeschliffen; man kann sie schlicht zur Seite klappen. Monster, die in den Schächten rumkrabbeln, gibt's hier nicht und Feinde werden schon außerhalb der Mauern eliminiert. Dafür ist die Festungsanlage da – damit der Feind nicht hereinkommt. Klar? Dürfte ich jetzt bitten?" „Aber", lasse ich nicht locker, „weshalb in drei Teufels Namen, soll ich als Erster da hoch?"

Sie atmet tief und vernehmlich aus. Folglich gebe ich es auf und erklettere die Tonne. Doch, oh Wunder, im Augenwinkel sehe ich wie sich die glorreiche Thia O'Hara schnaufend nach vorne beugt und sich auf ihre Oberschenkel stützt. Die werte Frau will, dass ich als Erster hochklettere, weil sie eine Verschnaufpause braucht! Bitte, hätte sie es doch gesagt; wie gerne gönne ich ihr eine!

Ich stemme mich hoch und stöhne. Meine Seite sticht übelst und ich bekomme einen fahlen Geschmack auf der Zunge. Verruchte Prellung. Es ist allerdings gleich vorüber; ich sitze oben und lasse meine Beine baumeln.

Die Öffnung des Luftschachtes bietet reichlich Platz zum Sitzen. Wer wohl das Gitter davor abgerissen hat? Es sollte doch eines gegeben haben, man sieht noch die rostigen Verankerungen. Ich sehe weit und breit keines, aber das heißt nichts – das Licht ist schlecht und im Tunnel liegt allerlei Gerümpel herum, Metallkisten und -tonnen, teilweise halb offenstehend und erkennbar leer, Betonblöcke, verbogene Rohre, so ein Zeug. Außerdem verschwimmt meine Sicht für einen kleinen Augenblick, einen ganz kleinen. Kein Grund zur Besorgnis, nur die Überanstrengung, keine Frage.

„Aus dem Weg, ich komme hoch." ruft Frau Feldwebel im Kommandoton, der mich – ich ärgere mich – sofort und automatisch zur Seite rollen lässt. Das tut meiner Seite nicht gut, geht aber nicht anders. So groß ist der Schachteinstieg nun auch wieder nicht, ich muss mich an den Rand drücken. Ich greife in schmierige Algen, Flechten, Moos oder sonst was – bin kein Biologe – und wische meine Hände am Uniformoverall ab. Das ist kein Luftschacht, sondern ein Schleimschacht. Wenn dieser Ausflug umsonst ist...!

Dass ausgerechnet der Bunkerabschnitt um den Hangar herum in so schlechtem Zustand sein muss; der Hangar ist doch eine der wichtigsten Einrichtungen dieser unterirdischen Festung, möchte man meinen. Neben dem Reaktor zur Energiegewinnung und der Schaltzentrale auf jeden Fall die wichtigste. Wenn die Anlage wieder in Betrieb genommen würde, bräuchte man den Hangar doch, insbesondere, wenn das Umfeld verseucht ist, so dass Landungen und Starts außerhalb riskant sein können.

Au, treten Sie mich nicht, Madam! Uh, und auch nicht in die Augen leuchten, bitte.

Weiter hinten platschen in regelmäßigen Abständen Wassertropfen herab, wie in einem schlechten Film.

In zwei Tagen habe ich einen Termin mit einem Makler; der Wohnkomplex auf Alpha Neun, in der unabhängigen Wohnkolonie Neun-Ost reizt mich seit Monaten. Zaster ist genug da, mehr als genug. Wie lange hält der Makler den Komplex wohl für mich zurück? Keine Sekunde, der Geldhai!

Ich muss an die Raumstation Frieden im Orbit von Alpha Vier denken, an Luigis Pizzahaus dort, mit Blick auf den Planeten. Ein Traum. Und das hier? Ein Alptraum! Schon wieder Schmieralgen und ich lange mitten hinein. Meine Klamotten sind auch schon ganz Grün. Neue Tarnfarben für das Militär, einmal im Algenschleim wälzen, auf Befehl. Sehr wohl, Herr Kommandant.

Was war das? Hat da nicht einer etwas gemurmelt? Echo aus den Tiefen der Schächte?

O'Hara ist ganz ruhig, scheint nichts gehört zu haben. Heureka, mir deucht, wir haben das Schachtende erreicht! Welch Erleichterung.

Ich bekomme O'Haras Ellbogen ans Kinn, als sie sich umdreht, um das Gitter dort vor uns aus den Angeln zu treten. Es war mir klar, dass sie sich nicht entschuldigt; rabiat – aber effektiv, die Frau.

Es scheppert kräftig. Es hat den Anschein, dass der Fußboden vor uns nicht so tief unten liegt, wie im Tunnel vorhin. Dem ist in der Tat so, die zweite Erleichterung. Noch eine Kletterpartie hätte ich kaum ausgehalten.

Vollkommen nassgeschwitzt bin ich, ich stinke nach Schleim und Schweiß, in meiner Flanke pocht der Schmerz, ein Krampf bahnt sich im Unterschenkel an...

„Nein danke, ich benötige Ihre Hilfe nicht, Feldwebel. Und blecken Sie nicht die Zähne, mir geht's ausgezeichnet!"

Ein mittelgroßer, rechteckiger Raum nimmt uns auf, nur unterhalb unseres Ausstiegsschachtes etwas an gegrünt, ansonsten in erfreulichem Topzustand, vom Aussehen her. Ich zwinkere. Das aufflammende Deckenlicht, so was Ähnliches wie Neonröhren des 21. Jahrhunderts, denke ich, woher hab ich den Vergleich wieder?

„Sehen Sie, die Computeranlage ist noch da." freut sich die Unteroffizierin. Ich mich aber auch! Das Glück lacht den Tüchtigen, sagt man nicht umsonst – wer bezweifelt ernsthaft, dass ich zu den Tüchtigen zähle? Immer im Dienst, selbst im Urlaub mit offenen Augen unterwegs, bereit, die Story nebenan aufzugreifen! Das bin ich der Community schuldig. Und meinem Bankkonto. Ist das ein Verbrechen? Ich leiste etwas für mein E-Cash, nicht wie diese fettgefressenen Aufsichtsräte der Großfinanzen, diese korrupten...

„Ob ich mich mit Computern auskenne? Mit Computern? Sie sind lustig, Feldwebel. Das hier ist kein „Computer", das ist eine komplexe Steuerungs- und Verwaltungseinheit des Hangars, der hier irgendwo sein muss."

Der Raum ist jedenfalls nicht der Hangar, sondern wohl so eine Art Subsystemstandort. Mit anderen Worten, von hier aus kann der Hangarbetrieb gesteuert und geregelt werden; sofern die Anlage Saft hat.

„Ruhe, bitte, meine Liebe, ich denke nach! In diesem Fall müssen Sie das schon erlauben, wenn Sie wollen, dass ich mich um den sogenannten Computer kümmere."

Fein, wie sie auf der Stelle schweigt. Ja, dieses Problem lässt sich nicht mit Eintreten oder Schimpfen lösen. Da braucht es Köpfchen; mein Köpfchen.

„Dann schauen wir mal. Irgendwo gibt's einen Hauptschalter... Hier unten, hinter dem... Ui ui, was ist jetzt los? Mich..."

„..., kann es nicht weitergehen! Seit Wochen liefern Sie mir nur madigen Schund... Einschaltquoten, Lebenselixier! ... frivole Geschichten, meinetwegen, Schweinisches, egal, nur, dass Sie... „Hören Sie mir zu? ...

...taugen nichts! Aktualität – Null. Bericht über Killerviren – veraltet! ... müssen Sie...“ „Ja, Boss, klar, Boss. Schwieriger Markt, Quellen unergiebig, wegen...“ „...nichts hören, Ihre Aufgabe zu... letzte Chance, sonst....“ „...Sie nicht enttäuschen!“ ... „Befehle befolgen!“ Befehle?

***

„Nehmen Sie das. Schlucken Sie.“ Oh, ein weißer Engel. Hallo, weißer Engel. Bin ich – im Himmel? Ich...

...huste. Alles dreht sich. O'Hara schaut auf mich hinab, was mir merkwürdig erscheint. Dann realisiere ich, dass ich auf dem Rücken liege, auf kaltem Beton. Schmerzen.

„Sie wurden ohnmächtig.“ erläutert die Unteroffizierin mir; sie könnte es ruhig mit etwas mehr Anteilnahme sagen. Ohnmächtig? Das ist nicht gut. Gar nicht meine Art! Ohnmächtig werden, wie die Dämchen im Anblick ihres Stars. Infantiles, präpubertäres...

Uf – gleich, gleich... Aufstehen, ja, erst in die Hocke, dann... „Ich helfe Ihnen." sagt die Frau und stützt mich für mich unerwartet sanft.

Musik, Musik würde mir jetzt guttun. Melodischer Cyber-Metal, nicht das Mainstream-Gedudel für die Massen.

Ich stehe. Wieder. „Wo waren wir?" frage ich; bunte Flecken schwirren vor meinem Blickfeld herum. Winzige extraterrestrische Glühwürmchen?

„Gibt es hier wirklich nur Asseln?" murmele ich. O'Hara gibt keine Antwort, schaut bloß komisch. Ich werde lethargisch, schüttele es aber ab. Wir haben zu tun! Ruhe gibt es genug nach dem Tod – hoffe ich. Ich will nicht bis in alle Ewigkeit fade Glückseligkeit mit Jungfrauen und Ambrosia.

Überhaupt, wie lange wären die Jungfrauen Jungfrauen? Und müssten sie nicht willenlos sein, um da bereitwillig... Das wäre nicht mein

Paradies. Ich will Action, Veränderung, auch mal was Dreckiges. Und Geilheit – Geilheit passt irgendwie auch so gar nicht zu den Paradiesvorstellungen, egal, ob von der Kirche verbreitet, von den Sekten ohne Sünde, den Gläubigen der Roten...

Überhaupt ist Ewigkeit der Horror. Gesund und munter zweihundert Jahre leben, fünfhundert, achthundert, das ließe ich mir angehen. Aber ewig. Das überlasse ich mal fein dem allmächtigen Gott. Gott zum Gruße!

„Ja, Sie haben recht, Feldwebel, ich sollte mich vielleicht nicht schon wieder so abrupt bücken. Schauen Sie doch mal, ob Sie in dieser Nische einen roten Schalter oder so finden. Da ich nicht davon ausgehe, dass das ein Selbstzerstörungsknopf ist...“ - ich lache vorsichtig; tut es weh – nur, wenn ich lache.

„Für einen Selbstzerstörungsknopf wäre er dort wohl ziemlich dämlich installiert, finden Sie nicht? Nein, ich denke, es ist so eine Art Hauptschalter für die Energieversorgung. Beten wir, dass das Teil auf Notstrom läuft.“

Peng. Zuerst – geschieht gar nichts. Dann steht plötzlich *ER* in der Tür, der ich bisher keine Beachtung gezollt habe. Der Leutnant, wie er leibt und lebt, eine Metzler in der Rechten, eine nette kleine Maschinenpistole mit, wie ich mich entsinne, Galaxis weit geächteter Munition. Illegal in allen von der Roten Kammer kontrollierten Kolonien, zumindest. Den Blauen ist das ja Jacke wie Hose.

„Au!" O'Hara stößt sich den Kopf, als sie auffährt. „Herr Leutnant, Sie hier? Wir wollten soeben..." „Ich weiß alles!" bellt der Offizier. Was will er? Er spannt mich nicht lange auf die Folter. „Ihr habt es also herausgefunden." Er entlässt ein irgendwie krankhaftes Kichern. Es macht Klick, als er den Sicherungshebel der MP umlegt, unter Garantie nicht auf „gesichert".

Der Teufel reitet mich und ich grinse breit. „Wir haben es schon lange herausgefunden, leugnen ist zwecklos."

Ich bereue die Worte sofort, denn außer mir ist niemandem zu spaßen zumute. Im Gegenteil...

„Es war mein Recht!" zischelt der Mann und verteilt dabei Spucke. „Er, er hat alles über Bord geworfen, wofür wir eingestanden haben... Unser Slogan – der Menschheit eine sonnige Zukunft. Sonnig! Er aber – ein Barbar, ein, ein perverser Schlächter!"

Wer, verdammt, wer? Rede schon, Kerl, rede! Ich versteh nur Raumbahnhof! Wen kann er meinen? Welcher Er ist gemeint? Und was hat er mit ihm gemacht? Das kommt alles vollkommen unerwartet für mich. Mit dem Leutnant habe ich überhaupt nicht gerechnet!

„Du, Du bist sein Helfer! Du willst vollenden, was er begonnen hat!" kreischt der Bewaffnete in Richtung von Frau Feld.

Jetzt wäre es Zeit für eine Deeskalationsstrategie; leider habe ich keine... Sie haben die Physiognomie eines Massenmörders, darf man so etwas sagen? Halt, Nein, so ein Spruch eskaliert eher.

Herrje, dass man in so einer Stresssituation so vernagelt sein muss. Wie war das, womit erreicht man Frieden? Durch überlegene Feuerkraft... *NEIN* – nur nicht das Wort Feuerkraft gebrauchen, schlecht, sehr schlecht.

„Wessen Helfer?" Freilich, Frau Feldwebel, Frau Superweib, Frau Kampfsau, Frau Totaler

Krieg versucht es gar nicht mit Psychologie. Dafür erhält sie die Antwort auf die Frage, die mich interessiert. „Tun Sie nicht so blöd, Feldwebel, Ihr Kompagnon hat doch alles gestanden!"

Äh, habe ich? Oder wer...

„Der General, dieses chauvinistische Militaristenschwein, der ist Ihr Komplize!" Chauvinistisches Militaristenschwein; so was aus dem Munde eines Spezialisten! Auch der Leutnant gehört zu dem Eliteverein, natürlich.

„Ach." meint O'Hara trocken. „Der General ist doch tot." Ich erschaudere, wie ich sehe, dass ihre Hand zu ihrer Pistolentasche tastet. Ich stehe genau zwischen den beiden! Frieden, Peace, Pax, Leute! Kein Geballer in engem Raum, mit mir in der Mitte!

„Ja, *ICH* habe den General exekutiert, wegen Bruchs des Völkerrechts. Ich, ich bin es gewesen, das wissen Sie ja! Und, und ich werde auch Sie exekutieren, Sie und diesen Clown hier!" He! „Keiner überlebt, der damit zu tun hat, keiner! Sie sterben wie der erbärmliche General und Ihre Spießgesellen an Bord dieses angeblichen Schmugglerschiffes!"

Halt, Stop! Dann hat der Leutnant also...? Mir geht ein Licht auf – die Bunkeranlage ist doch eine Kampfeinrichtung, sicher mit schweren Waffen und...

So, bitte – wie wäre es nun mit einem klassisch-heroischen Drehbuchverlauf? Der verrückte Übeltäter gesteht alles und wird anschließend vom Helden... Ja, gut, von der Heldin umgelegt. Genialer Gedanke; wie komm ich nur aus der Schusslinie, wie?

Dummerweise hält sich der Leutnant nicht ans Drehbuch. Er denkt nicht daran, die Protagonisten – uns – gewinnen zu lassen. Bei ihm gewinnt der Antagonist, der üble Gegenspieler des tapferen Reporters und der heldenhaften Kriegerin.

„Brrrt" macht es. Ich stehe wie erstarrt; hinter mir schlägt eine Wolke von Geschossen in warmes Fleisch. O'Hara entweicht fauchend Luft aus der Lunge und sie kippt um, einfach um! Hinter ihr ist die Wand rot besprenkelt, wie ich sehe, obwohl ich es gar nicht sehen will.

Ich suche mein Heil in etwas absolut Unheroischem: Ich falle greinend auf die Knie und strecke dem Offizier wimmernd meine Hände entgegen, um Gnade flehend. Was soll´s, sieht mich ja sonst keiner außer meinem Henker.

„Ich, ich bin doch Reporter", winsele ich, „ich, ich kann die ganze Sache für Sie aufdecken, öffentlich machen! Natürlich nur das Verbrechen des Generals. Ihre, äh, Ihre Beteiligung... Na, Sie wissen schon, künstlerische Freiheit. Die Wahrheit, Ihre Wahrheit muss ans Licht der Öffentlichkeit getragen werden. Wer könnte das besser als ich? Ich kenne mich aus, habe Connections! Bruch des Völkerrechts durch Blauen General, eine tolle Story!"

Was, bei allen Schwarzen Löchern, ist Völkerrecht? Jetzt bräuchte ich ein Standardwörterbuch... Der Leutnant zögert.

Tja, wenn ich nun ausgebildeter Einzelkämpfer wäre... Mir bleibt nur zu hoffen, dass er meine zusammengestöpselten Ideen für gut befindet.

„Weh, Valencia! Die vier Felsen, drauf du thronest, würden, wenn sie könnten, klagen." - Joseph von Eichendorff.

Gar Seltsames schwirrt einem durch den Denkerschädel, wenn man dem Tod in die blanke Fratze blickt. Oder, von noch größerer Feder: „Such nicht nach der Wahrheit, Mensch, willst suchend Du nicht untergehn. Findest Du die Wahrheit, wirst Du die Welt nicht besser sehn."

O, wär ich doch Dichterfürst geworden, denn primitiver Schreiberling. Hold ist sie, die weiße Maid, Kultur genannt zu aller Zeit.

Nun schieß doch endlich, schießwütiger Hund! Oder gönn mir Deine Gnade. Shit, will mein Verstand gar nicht mehr aufhören, Mumpitz zu fabrizieren? Das ist der Wahn, leck ist der Kahn. Doch – der Leutnant senkt den Vernichtung säenden Lauf.

Hast Du mich erhört, mein Kind? Trottel, und wie Du hast! Dem rasenden Reporter kommt keiner bei, keiner. Nicht Glück – Können, pures Können; meine Worte schmeicheln sich noch dem letzten Untier ins Ohr.

Auf einmal reißt er die Waffe wieder hoch, mit entsetzlich verzerrtem Gesicht, gibt ein gutturales Grölen von sich und – ein donnernder Schuss fällt!

Ich reiße meinerseits die Arme hoch: Getroffen! Mitnichten ich. Der Offizier glotzt ungläubig auf ein nettes Loch in seiner Brust, schwarzgerändert; endlich spritzt Blut heraus, nur ein wenig, lächerlich wenig. Die Fontäne war aus dem Austrittsloch in seinem Rücken herausgeschossen, mag man meinen, was das rote Nass hinter ihm erklärt. Die MP entfällt seiner Hand und aktiviert sich dabei glücklicherweise nicht. Von den Uzis erzählt man sich das; dies aber ist ja eine bewährte Metzler. Modernes Gerät. Manchmal ist man echt froh über die Weiterentwicklung der Waffentechnologie...

Der Leutnant wankt, torkelt, fällt schließlich nach hinten, zur Tür hinaus. Dort stürzt er tief, wie ich feststelle; zur Tür hinauf führt eine stählerne Treppe, die er krachend hinabpoltert, wovon er freilich nichts mehr spüren sollte. Ein sauberer Schuss, genau ins Herz. Ein meisterlicher Schuss, fürwahr.

Wo ist sie, meine Lebensretterin? Lass Dich umarmen, drücken, meinethalben auch liebkosen!

... Oh, Nein, bitte n...

Ich kotze Galle, über die Brüstung der Stahl-konstruktion hinweg ins Halbdunkel. Allein, ja, jetzt bin ich allein. Allein auf weiter Flur.

Der Schuss war der letzte von Thia O'Hara gewesen, der definitiv letzte! Dass sie über-haupt noch hat schießen können, grenzt an ein Wunder. Matsch. Und wieder, wieder Matsch. Ich hasse Matsch! Ich hasse...

Uh, ist mir übel. Je mehr ich kotze, desto stär-ker brennt meine ewig stechende Seite. Tob Dich aus, nun gibt es nur noch uns Zwei, mich und Dich, den Schmerz.

Tränen rinnen meine Wangen hinab, wie ei-nem Kind, dem man das geliebte Plüschtier ge-stohlen hat. Seht Ihr, ich flenne wie ein Klein-kind! Lacht mich doch aus, kommt nur herbei, keine Scheu! Ich spuck auf Euch und Eure spießbürgerlichen Konventionen. Ihr könnt mich Götz...

Erneut habe *ICH* überlebt. Der geborene Überlebende. Das nenne ich Glück; aber – ist es Glück? Und habe ich nur deshalb Glück, weil zugleich andere Pech haben? Ich überlege, ob ich mich kopfüber über die Brüstung werfen soll. Tief genug für einen sauberen Exitus wäre es. Nur nicht die Knochen brechen und leben.

In dieser Sekunde --- sehe ich es. Der Hangar, direkt vor meinen Augen, groß, sehr groß, und in seinem Zentrum ... *EIN VERDAMMTES RAUMSCHIFF!*

Ich verschlucke mich, huste, schreie, jubele. Eine Startrampe, ein Raumschiff, ein sprungfähiges Raumschiff, ein Kleinfrachter, ein wunderschönes, feines Baby, mein Baby! Keiner da, der es mir streitig machen kann.

Oh, Fox, O'Hara und wie Ihr alle geheißen habt, es war da, bei Euch um die Ecke, zum Greifen nah! Aber – nur die Ruhe, Kerl, die Ruhe. Es hat seinen Grund, dass es hier steht. Es ist sicher... kaputt?! Sie hätten es doch genutzt, mitgenommen, wer auch immer. Oder... Der General. Sein Rettungsschiff?

...hat sich nicht erschossen, wurde erschossen! Das muss es sein, es war seine Versicherung, daher wollte er unbedingt hierher, in diese alte, außer Dienst gestellte Bunkerfestung. Richtig kombiniert, was?

Das Publikum applaudiert bei so viel Schläue. Ich bin ein Fuchs, ein Fuchs, sag ich. Der General ist doch gleich draufgegangen, ganz überraschend, nur kurz nach der Ankunft der Soldaten. Ha, wen schert es, wenn die anderen Pech haben, solange mir das Glück nur hold bleibt!

Als ich den Hangarboden unter meinen Füßen habe, kommt die Ernüchterung wie eine eiskalte Dusche. Ich habe keine, aber auch überhaupt keine Ahnung, wie man einen Kleinfrachter manövriert, fliegt, steuert – ja ich kann nicht einmal den Antrieb starten. Ich bin Reporter, verdammt! Da könnte man genauso gut einem Gärtner sagen: „He, Du, fahr mal den Kernreaktor hoch, wir brauchen Strom.“

Hier stehe ich, die Uniform zerfetzt, mit Blut und Algenmasse beschmiert, verschwitzt und schief vom Seitenschmerz, die Augen verquollen, das Haar wirr. Ein Gestrandeter, der ein Boot sieht, das ihm unerreichbar ist. Aufgeben will ich jedoch nicht. Ich hab noch genug Zeit, aufzugeben, kann mir auch jederzeit die Kugel geben, das ist sicherer als ein Sprung in die

Tiefe. Im Kontrollraum liegt noch genügend todbringendes Material.

Wo ist die Marine, wenn man sie braucht? Hallo, hier unten harrt ein loyaler Bürger der Roten Kammer, ein Gläubiger der Kirche der Rettung! ... Was? Ach der? Der wurde bereits anderweitig gerettet. Aber ich bin auch noch da, dann rettet halt mich.

Ah, mein Humor kehrt zurück, ein gutes Zeichen. Zuversicht, mehr braucht der Mensch nicht. Der Spruch lautet: „Die Hoffnung stirbt zuletzt." Hoffnung: „Hab mal ne Ausnahme gemacht." Ich spucke Batzen vor Lachen.

Ein Schnaps wäre jetzt gut, um den miesen Gallegeschmack zu übertünchen. Noch besser zwei Schnäpse; man will auf seine Kosten kommen. Phrasen dreschen, das kann ich. Aber einen Kleinfrachter fliegen...

„Haaallooo! Ist hier wirklich keiner mehr? Hört denn keiner?"

Sollte ich O'Hara irgendwie bestatten, zumindest Zeug über sie werfen? Ne, bloß nicht noch einmal dieser Anblick, allein daran zu denken lässt es mir hochkommen. Sorry, Feldwebel. Da oben liegst Du allerdings gut. Ich mein, es ist der Ort Deines Triumphes über den Leutnant, der seinerseits über Dich triumphiert hat, beziehungsweise...

Gehirnknoten, Ende der Einspielung, vielen Dank, dass Sie zugehört haben. Es folgt das Nachtprogramm.

Eine wunderbare, gar nicht steile und überaus trittfeste Rampe führt zum Einstiegsschott des Frachters hinauf. Klopf, klopf, jemand zu Hause? Ich bin's nur, der böse Wolf. Macht schon auf, Schweinchen.

Ich bekomme fast einen Herzinfarkt! Eine Klappe gleitet zur Seite und entblößt einen Bildschirm; auf dem wiederum leuchtet eine dunkelblaue Schrift auf, die mir die Worte „Willkommen, Herr General" präsentiert. Das wäre nicht so schockartig gewesen, hätte nicht zeitgleich eine leicht schrille Frauenstimme dieselben Worte geplärrt, eine dieser Computerstimmen, die freundlich klingen sollen, in die man aber nicht genug investiert hat, dass sie es auch wirklich tun.

„Ich, äh, Hallo." stammele ich. „Es ist alles zum Abflug bereit." teilt mir die „freundliche" Stimme mit. Ich beginne vor Aufregung zu zittern. Zum Abflug? „Ich, äh, ich steige jetzt ein." presse ich hervor. „Würden Sie nun bitte öffnen?" Oder duzt man Computerstimmen? Gleichwie, öffne endlich das vermaledeite Schott!

„Es ist alles vorbereitet. Möchten Sie wirklich einsteigen, Herr General?" Ja, verflucht, ich will! Rasch reiße ich mich zusammen – Generäle müssen würdevoll auftreten, spinne ich mir zusammen. „Hinterfragen Sie nicht meine Anordnungen. Ich weiß, was ich tue." belle ich in bestem Kasernenhofton. Generäle können auch wütend werden.

Gott, mir fällt ein Stein vom Herzen, als sich das Schott unter Zischen auftut. Ein kleiner Schritt für mich – und ein großer Schritt für mich. Der Weg in die Zivilisation zurück, in die Heimat! Ich werde sogar den Maklertermin wahrnehmen können, zuerst aber ein Bad und zum Arzt, gründlich durchchecken, und, ja, eine Massage, ein üppiges Mahl, guter trockener Rotwein, ein Date mit der schnuckeligen Asiatin von nebenan... Köstlich!

Dann die Story, meine Story. Ich nenne sie „Der Überlebende". Man kann es verfilmen, ich sehe mich schon, wie ich O'Hara vor dem finsteren Leutnant rette, ihn mit einem meisterhaften Kick die Treppe hinunter fege, leider wurde sie zuvor feige angeschossen und stirbt schmachtend in meinen starken Armen. Oder besser: Sie salutiert mir sterbend und flüstert, wie gerne sie mich zum höchsten Tapferkeitsorden eingereicht hätte... Nein, anders. Ein Blauer Orden sollte nicht vorkommen, die Zensur, die leidige Zensur.

„Herr General?" „Äh, ja?" „Treten Sie bitte noch ein Stück vor, damit ich das Schott schließen kann. Vielen Dank für Ihre Kooperation."

Spaßig, dass gar keine Identitätsprüfung erfolgt. Könnte ja sonst wer sich als General ausgeben; hm, so wie ich zum Beispiel. Ich sehe aber auch kein Gerät zur Identitätsprüfung, keinen Scanner, nichts. Ist aber auch nur ein alter Frachter, kein Hightech-Wunderwerk. Dafür ist die KI, manifestiert in der Maschinenlady, ganz schön holla. Ich meine redselig. Schon wieder quatscht sie: „Würden Sie sich bitte in das Cockpit begeben, dann können wir die Startsequenz einleiten."

Immerhin – wir. Nervosität befällt mich von Neuem; das Cockpit wird vorne sein, schätze ich. Hm, dieser Gang. Metalleiter nach oben. Geschützturm? Möglich. Egal. Das Innenschott gleitet leise zur Seite.

Fein, dass alles sanft beleuchtet ist, nicht zu grell und nicht zu dunkel. Auch die Temperatur – bon. Bon, Herr Schmidt, bon. Auf was für Gedanken man kommt... Selbst, wenn einem nicht der Tod ins Antlitz grient.

Ach, ich muss mich an die Wand stützen, nur für einen Atemzug. Zu schnell gegangen, wird gleich wieder, gleich. Keine Sorge, Maschinenstimme, alles im Lot.

Die Wand vibriert. Irgendwo summt und brummt es, von woanders hört man Zischen. Die Bordsysteme fahren hoch. Und ich stehe erst im Zugang zum Cockpit. Mach nur, Schiff, mach nur. Du verstehst viel mehr davon als ich. Ha, jeder versteht mehr als ich davon!

Gibt's hier ein Klo? Ich glaub, es kommt mir wieder. Nein, doch nicht. Nur so ein Aufstoßen.

Ich gefalle mir in der Rolle des Beobachters, doch muss ich zum Handelnden werden. Ich bin ja der General. Ein, wie war das? Ein Spezialist. Na, so ne große Fresse hab ich nicht gerade.

Puh, nur noch wenige Schritte. Eine Koje, ein Königreich für eine Koje. ... gibt's sicher hier – eine Koje, kein Königreich. Obwohl? Als einziger Mensch auf diesem Scheißplaneten, könnt ich mich doch zum König krönen? Wer will das schon. Weg will ich, weg! Tote Brocken im All gibt es auch an anderen Orten zur Genüge. An Orten mit Ferienparadiesen in der Nähe und interplanetarischem Lieferservice für Delikatessen aller Art.

Schönes Cockpit, so viele Lichter. Drei Sitze, breit, bequem und sicher. Schätze, der vorderste ist der des Piloten. Platz nehmen und anschnallen. So... Hallo, Computerlady?

„Möchten Sie, dass die Startsequenz initiiert wird?" „Oh, sehr gerne. Ich meine jawoll, möchte ich!" Ein Lob dem Automatismus!

Ich hänge in meinem Pilotensitz und kann zuschauen, wie irgendein Steuerungssystem veranlasst, dass sich die Bunkerdecke weit über mir öffnet. Ein Glück, dass das ohne Reaktor geht! Es geht zäh, Erdbrocken fallen auf das Raumschiff herab – wovon man im Inneren nichts hört –, Staub rieselt mittenrein, die Decke ruckt und ächzt sicherlich, das Licht im Hangar flackert und geht aus.

Aber es geht – es geht! Die Sterne über mir; bald bin ich einer von Euch. Wundervolle Aussicht, hier im Cockpit. Und so einlullend warm.

Nur nicht einschlafen! Halt Dich wach, Reporter Zwei-Null-Sieben! Blick auf die Tastaturen vor Dir, die Bildschirme, Anzeigen, Schalter... Verwirrend ist das Bild, das sich mir bietet. Man möchte in Hexametern reden.

Tiefes Brummen lässt den Frachter sich nach hinten neigen. Logischerweise ist es nicht das Brummen, aber nur das bekomme ich mit. Das und das peu à peu Nach-hinten-Kippen. Die schräge Lage bekommt meinem Kreislauf nicht. Mit Schaudern erwarte ich den Start, das Hineinpressen in den Sitz, das Flimmern und Flirren der Luft, der Lärm...

Ich gehe bereits fest davon aus, dass irgendein Autopilot alles für mich erledigt. Ich hoffe
darauf. Thunfischpizza, das wäre mal wieder
was. Meinetwegen aus Ersatz-Thunfisch, solange nur kräftig Käse darauf ist. Ah, Verflucht,
ich darf mich nicht nach links lehnen. Wird das
heute noch was?

„Hangartor geöffnet. System-Checks voll-
ständig. Alle Systeme im grünen Bereich."

Tja, man muss nur schimpfen. „Keine Freigabe von Tower... Kontaktherstellung
läuft............... Keine Antwort. Versuche Fre-
quenz Beta........... Keine Antwort. Erwarte
Flugdaten von Tower."

Ich fluche deftig. Ich habe keine Chance,
diese Daten zu beschaffen, überhaupt keine. Sie
befinden sich irgendwo auf dem System im
Kontrollraum, da komme ich nicht ran. Und ich
kann es nur immer wieder wiederholen – ich
weiß nicht, wie das Alles funktioniert. Es ist
nichts, was man mit Versuch und Irrtum her-
ausbekommt. Es ist... komplex.

Allerdings habe ich ein Gehirn, das zu
Höchstleistungen fähig ist. „Ignoriere Towerfreigabe." befehle ich dreist. „Start einleiten

und Landeroute umkehren." Flieg doch einfach so weg, wie Du gekommen bist, Schätzchen!

Ich wage es kaum zu glauben: Es klappt! Das Ding hat sogar einen Namen, Notstartsequenz. „Übergehe Towerfreigabe. Notstartsequenz wird eingeleitet." plärrt die Computerstimme. Hossa! Ich sage es immer, Dreistigkeit führt zum Erfolg, Dreistigkeit. Den Mutigen mag die Welt gehören, den Dreisten gehört das ganze Universum! Flieg, mein Engel, flieg, hoch zu den Sternen!

Schon beginnt es zu dröhnen, der Antrieb zündet, aus was er auch bestehen mag. Mein Sternentransport scheint gut geölt, alles läuft wie am Schnürchen, soweit ich das zu beurteilen in der Lage bin. Kein rotes Warnlämpchen blinkt, kein Alarm wird gebrüllt, kein Rauch vernebelt das Raumschiffinnere. Klingt doch gut.

Das Wunder geschieht, ich steige hoch, fahre mit Karacho aus dem Deckenloch und weiter, weiter hinauf. Ich werde in den Sitz gepresst, der beweist, dass es seine Bestimmung ist, einen hineingepressten Körper aufzunehmen und sicher festzuhalten. Mir wird schwindelig und der Druck auf meinen Ohren wird fast unerträglich. Doch egal – ich entfliege dem Begraben sein auf dem Planeten der Toten.

Ich lebe! Schade nur, dass ich jetzt nichts mehr von den Sternen sehe; es muss sich eine Schutzpanzerung über die schmalen Cockpitfenster geschoben haben, ich sehe nur noch Schwärze. Schwärze und das Flimmern der Armaturen. Was soll's, solange es nur vorwärtsgeht.

***

Ich muss eingenickt sein. Uh, was ist das um meinen Mund herum, doch nicht Erbrochenes? Ich wische es ab. Blut. Das gefällt mir gar nicht. Habe ich mir die Lippe aufgebissen? Dafür ist es zu viel. Ich atme tief ein – und huste und würge sofort wie wahnsinnig. Luft, ich bekomme keine... Der Schmerz! Ich zerre an den Sicherheitsgurten.

Muss mich losschnallen, muss... Beengt mich, drückt und... Ah! Ich falle nach vorne.

Geringe Schwerkraft, die Systeme funktionieren. Ja, Glück muss man... Wieder würge ich. Ich spucke einen Blutbatzen.

Verdammte...

Ich liege da, eingezwängt zwischen Apparaturen und meinem schicken Pilotensitz. Mir ist so schlecht...

Ich lausche auf das Surren der Elektronik. Dann quetscht es mich plötzlich zusammen und Blut blubbert aus mir. Krämpfe. „Com... Computer! Brauche – Diagnose. Medizinischer – Notfall – kann nicht mehr – Atmen. Brust wie – eingeschnürt. Spucke – Blut. Hilfe!" Knistern, Rascheln. Spritze geben?

Die Stimme: „Krankheit hat vorausberechnetes Stadium erreicht. Zersetzung der Lunge hat begonnen." Krankheit? Ich versuche mich aufzurichten, scheitere aber kläglich. Zu schwach, bin zu... „Welche – Krankheit – Computer? Bin – gesund!"

„Erinnerungslücken wurden vorausgesehen. Spiele Erinnerungsdatei ein. ... Hier spricht General van Toren, Kommandant der

Spezialeinheit der Streitkräfte der Blauen Kammer. Auf meinen Befehl hin wurde dieser Frachter mit einer modifizierten Version des Virenerregers kontaminiert, der die unter dem volkstümlichen Namen Todhusten bekannte tödliche Krankheit hervorruft. Ein Gegenmittel existiert nicht. Der Autopilot des Frachters hat die nächstgelegene Shuttlestation der Roten Kammer als festgelegtes Ziel. Nach dem Andocken wird der Virus unweigerlich die gesamte Station verseuchen. Diese Verseuchung wird von den internen Systemen nicht bemerkt werden, bis es zu spät ist. Diese Botschaft kann nur einmal abgerufen werden. Sie..."

Rauschen.

Fatalistische Ruhe macht sich in mir breit. Kann mich nicht mehr bewegen. Sterbe. Hab einmal zu viel Glück gehabt. Werde immerhin in die Annalen eingehen als der, der das Virenschiff aktiviert hat. Auch negativer Ruhm ist Ruhm... Ich lache unter Krämpfen. Dann Stille...

...

„Wie ist sein Zustand, Marineoberarzt?"
„Leider noch nicht stabil, Herr Kommandeur."
Humorloses Lachen. „Möglich, dass Sie ihn
nicht werden vernehmen können."

„...wäre nicht im Interesse der Roten Kammer!" „Er hat eine starke Überdosis an
Schmerzmitteln intus und zwar schon länger.
Keine leichten Schmerzmittel, will ich betonen.
Als er noch bei Bewusstsein war, muss er hef-
tige Halluzinationen und wirre Träume gehabt
haben. Aber anders hätte er es nicht ausgehalten." „Er hat einen Metallbolzen im Lungenflü-
gel stecken, nicht wahr? Innere Blutungen?"
„Exakt. Ich warte auf den Spezialisten, der den
Bolzen eventuell – aber Sie wissen ja selbst."

„Er ist auf dem Weg, verdammt, er ist auf
dem Weg! Der Präsident! Das Shuttle landet in
drei Stunden." „Ich sag's wie es ist: Er hatte un-
glaubliches Glück, dass er so lange mit dieser
Verwundung überlebt hat, doch jetzt läuft seine
Zeit ab. Er hat nicht mehr viel." „Verflucht,
Doktor! Wenn er abkratzt, dann... Es ist doch
die Gelegenheit! Er ist der erste hohe Offizier

der Blauen Kammer, ein General, der uns le-
bend in die Hände gefallen ist. *ER DARF
NICHT KREPIEREN!"*

....

Ende